寅

張心柔

獻給祖父　張守積先生

當我就這樣四處搜尋救星，進退兩難，懷著無限的渴望把那飛逝的熄滅的生命眷戀……這時從藍色的遠方，從我昔日的福樂之高空，一片暮靄驟然降臨，霎時斷裂了誕生的臍帶——光的束縛。塵世的榮耀消遁，我的哀傷隨之而去——悲情匯入一個深不可測的新世界……那個地方緩緩升起；在它的上方飄浮著我那解脫的新生的靈。墳塚化為煙塵——透過煙塵，我看見愛人神化的面容。

——諾瓦利斯《夜頌》

閃亮的腳踝

夏可君

詩是心靈的步伐，是歌詠中與心跳相應的步伐，歌聲閃亮，照亮了歌者美麗的腳踝也照亮了她腳前的道路。有著如此行吟姿態的詩人在這個時代已經甚少了，心柔是一個。當心柔從台灣來到大陸，從本鄉的親切邁向龐大大陸的蒼涼，在漫遊中，邊看邊吟，邊走邊唱，遵循古老美麗的原則，讓腳步獲得韻腳，讓詩行獲得節奏，讓時空可以愛戀，讓漂泊獲得了詩意，這部詩集就是對自己行蹤的記錄，讓地理的詩意與內心的渴望都變幻為一首首詩，一首首歌。

作為一個受過古典音樂訓練，又喜愛民間音樂，還自己獨立創作當代民謠的詩人，她的詩作必然兼有上面三重的音調，這三重音調既是三重多聲部的時間感懷的音調，也是不同的回旋與回響空間。

首先，面對現代性的孤獨與破碎，也許心柔相信只有古典格律的嚴整與韻律可以修復此創傷，因此心柔的詩歌有著語句的重複，語象跳躍的浪漫想像，以及純真飽滿的抒情語調，甚至就以《巴赫：第一號組曲》的結構來寫詩。她認識到了現代性生存的險峻：「天堂似乎常在不遠處／卻也未曾到達」，因此，只能在傾聽中：「聽，那恆在生命底端迴響／節奏規律的呼吸／恆在訴說著：／我，拾過層層階梯／要，到祂／那裡去。」——在底層徘徊無助的呼吸需要被頌歌的節奏來調節與引導，一級級階梯是一個個音節，也是一句句詩行，詩人要在節律上邁步，這讓心柔的詩歌有著古典的莊嚴與頌歌的宏偉，在語句祈禱的內在回旋中化解個體生命的苦痛，其融入與接受的委身姿態，去除了虛無的倦態，既深情婉轉又健康飛揚。

其次，心柔對台灣寶島有至深的情感，無論走向多遠，心柔都會在夢中歸根，因此她渴望擁有寶島上的樹之夢，她寫鹿港桂花飄蕩的街巷，讓媽祖與城隍爺的古老形象再次顯靈，她寫野薑花伴隨她去流浪又帶她回家，她寫阿塱壹之夜的月色與浪漫，幻覺中似乎傾聽到了來自於祖靈「留下吧」的籲請，她寫西螺謠的綿與長，反複書寫「西螺溪水綿而長」，最後兩節竟然重複八次，表達了內心的堅定與生命氣息的肯定，在歌謠一般歡暢又素樸的音調與舞蹈的步調中，心柔的詩歌既喚醒了地方的祖靈又激活了良心的方向，是的，只有原始自然的氣息可以培養我們良心的方向與無懼的方向，柔弱的心柔有著一顆堅定與無懼的心，這是由苦楝的相思與桐花的原始純真所孕育的初心，她只在故鄉之愛中盛開。

其三，心柔的氣質是安靜的，但內心的躍動越是舞蹈的，她總是想就在街頭踏著輕快的步子轉圈唱跳，她並不害怕路人的異樣目光，因為她認為自己只不過是一個「被木棉花和春光感動得無以名狀的女子」，心柔要以內心的心跳來歌唱，當代民謠的聲音來自於個體內心痛苦的呼喊，那血液在身體中的反叛，心柔以一顆古代女俠的心氣以及在旅行沙漠上渴望被神聖擊中的勇氣在寫詩，以自己流浪與漫遊的步伐在寫詩，詩歌不過是自己步履足音的回響，故如此真切與貼心。

心柔還以自己獨特的時間感綜合了這三重時間性，這是詩集的主題詞「寅」，寅時是一個夢想的時刻，也是孤獨的時刻，只有回歸內心之人在這個時刻才可能傾聽到世界的黑暗，傾聽到自己的心跳，回到生命的本根，在那裡與天使相遇，得到神明的眷顧，獲得詩意的祕語，心柔的詩歌就是這祕語的傳達，我們有幸成為了她的傾聽者。

心柔也許不是一個詩人，不是一個歌者，不是一個女子，而是「絳珠仙草」的再次下凡，世上這樣的奇女子已經很少了，她只能以內心的堅強承受這個世界的空空蕩蕩，不讓世界的荒蕪在心中滋長。

但也許心柔更願意化身一朵百合，在起首詩〈百合齋詩銘〉中，心柔寫道：

我渴望清醒地看見清明的夜
星星在時間之外投來深邃眼光；
今夜，讓繁星替我作證
世俗的誘惑，逞快的瘋狂
不能使我的心動搖；
名譽和肉體是不值一顧的
唯獨那使我朝向神性的心
你不能玷污它

——心柔之心，這是包裹在花朵之中的心蕊，她僅僅隨著自然的風而吹，僅僅跟隨美的召喚而盛開。

心柔的詩趨向於歌，詩集中大量詩作以歌、吟、詠、頌、謠，舞與組曲等為標題，而這是大陸詩人所回避的方向，當代漢語詩歌過於趨向於「可寫的」詩而非「可詠的」詩，基本上拒絕歌唱，而可歌詠性則是古代漢語的命脈，但現代漢詩寫作喪失了此步伐的節奏，過於回到自我的戲劇化與語詞晦澀的遊戲了，無法從苦澀的內心反轉出來，進入宇宙大氣的合唱，喪失了韻律而過於散文化。而心柔的寫作，因為融入了音樂的韻律，使得她的詩作具有歌詠的氣息，宛若天籟的祕語。

〔目錄〕

閃亮的腳踝／夏可君 5

輯一 寅

百合齋詩銘 15
風在吹——寫於閱讀柏拉圖《會飲篇》後 16
玫瑰騎士 19
一個哲學家的書房所見 22
銀杏的願望 24
二十一世紀俠客抒情曲——致蘇 26
絳珠仙草 27
無政府主義者的音樂聚會 29
平安夜在公寓頂樓彈鋼琴 31
今晨生命再度將我喚醒（斷片） 33
夕陽灑在草坡上（斷片） 37
愚人節 39
於是我們就如此 40
聽泰雅小女生唱歌 42
阿席達卡，騎鹿的男人 43
風雨之歌 44
上帝的手印 46
亞當與夏娃 之一 48
大雁鳥 50
今夜，月色迷濛——寫於知本卡地布小米收穫祭 52
啊，偉大的自然（斷片） 53
精靈哀歌 55
我不願在開始時即預見 57
我在雨中唱歌 61

63

輯二　浪遊者之歌 67
我們該如何丈量天空 68
流浪者之歌　之二 70
《吟遊詩人》跋詩 72
我想念我的長髮 75
Shivani 78
奔馳過城市的喧囂 80
我奮力拍翅向希望的彼岸 82
夜頌 85
新年頌 87
詠螢 89
你追尋什麼呢 90
獻詩 92

輯三　懷人歌 93
吾愛，以你的面目 94
河畔吟 96
消失之光——嗚乎哀哉，洪光浩斯人仙逝矣！ 98
短歌 100
小王子 103
克里希那 105
搖籃曲 107
毛那・尤巴斯 109

輯四　太陽王子 111
偈 112
花朵閃耀在草原 113
旅夜寄山中友人 115
黑夜散發誘人的香氣 117

給R的情詩 119
太陽王子 122
你的歌聲是風 124
我是你的女人 126
嫦娥奔月——給未來的愛人 128
輯五　寶島抒情詩 131
寫給一棵樹 132
野薑花 134
鹿港小唱 136
西螺謠 138
夏至 141
阿塱壹之夜 143
苦楝與相思 145
月光瀰濃 146
中秋舞 149
桐花祭 150
歌落在冬山 152
輯六　元——梁紹基個展集詩 155
寂然而動 156
心磬 159
補天 161
碑 162
平面隧道 164
輯七　巴赫：第一號組曲
Bach: Partita No.1, BWV825 165
Praeludium　前奏曲 166
Allemande　阿勒曼舞曲 168

Corrente　庫朗舞曲　170
Sarabande　薩拉邦舞曲　171
Menuet　小步舞曲　173
Gigue　吉格舞曲　175

輯八　數字詩：宇宙的生成　177

跋　184

輯一

寅

百合齋詩銘

寂寞的魂靈啊，傾聽我的歌
今夜我要把心曲訴衷腸
我曾愛上年輕的詩人
英俊，瀟灑，滿腹不凡的才華
我們以詩歌互贈，在綴滿繁星的夜空
心貼著心，滿含憐憫與愛意
而不相見

善感的，脆弱的心啊
要知道詩歌的世界是瑰麗的，奇幻的
我們在其中馳騁想像，如奔騰的馬
用盡世上最美的譬喻和修辭
也不能將我們的情感表達

而這一切竟是虛妄
拜文學之賜
最單純素樸的心思變成最怪誕的神話
純金裡摻和了別樣金屬
再不能發出忠實的光芒

愛情——詩歌——遊蕩的靈魂——
原諒我不能情鍾於你
我渴望清醒地看見清明的夜
星星在時間之外投來深邃眼光；
今夜，讓繁星替我作證
世俗的誘惑，逞快的瘋狂
不能使我的心動搖；
名譽和肉體是不值一顧的

唯獨那使我朝向神性的心
你不能玷污它

二〇一四年十月二十一日　百合齋　北京中國人民大學

風在吹

——寫於閱讀柏拉圖《會飲篇》後

風　在吹
吹在原野　高山
吹在溼潤的縱谷
從海洋　到陸地
從白晝　到黑夜
一刻不停歇

城市裡
習慣與噪音比鄰的人們
無暇停下腳步諦聽
這原始　唯一的
美麗的樂音

嬰兒懂得這音樂
他們總在焦躁的人群當中
嚎啕大哭

愛美的藝術家與詩人
愛智慧的哲學家
追尋這風
踏上了孤獨的道路

那裡何曾缺少真實的快樂
何曾缺少有志一同的朋友

你欲求
你向這世界伸出雙手
用你靈魂的眼睛去看

這無窮的美便向你靠近
一天一天

二〇一二年四月十七日

玫瑰騎士

玫瑰凋謝了
昨日的榮光
今日的塵土
歲月匆匆流逝

愛情，詩歌，黃金
河邊的細沙，山頂的白雪
雲海，松煙，古老的諾言
女巫，煉金術士，騎士駕馬過平原
傳奇的年代，充滿魔法的森林
行俠仗義，路見不平
人類與百獸共同舞蹈
遊吟的歌者踽踽獨行

我多麼想回去
這過度潔癖的世界
令人難以親近
龍族棲息於陌生的湖泊
收斂了金色的翅翼
直到高貴的德性興於天地
啊，牠們將凌雲御風
高高飛起

二〇一四年十一月二十四日　百合齋

一個哲學家的書房所見

一張凌亂不堪的書桌
髒兮兮的電腦　乾燥的玫瑰花
一疊疊整齊堆放的書籍　哲學　社會學　美學和關於音樂
西洋演奏家的名盤　一組高級的音響
一張古琴　幾幅掛在牆上的當代繪畫
（當然還有別人畫哲學家的畫像）
從畫像我們知道　他留了一頭長長的頭髮
像氣質不凡的藝術家　擁有高級品味的波西米亞
精心燒製的茶杯　有機食品和老茶葉
懂得生活的人都知道
這些真正是精神食糧
忽然間有人推門進來
聽這高談闊論的語氣

該是哲學家又同人吵架了
題材總不外乎是藝術不該為政治和主義服務云云
要在自然的天性中生長
放下電話哲學家打開電腦
上網聽最新一季中國好聲音
他的心於是舒展了　不再為俗務煩惱
便又高高興興埋身回書本中繼續做他哲學家的大夢去

二〇一四年十一月二十八日　百合齋

銀杏的願望

和你並肩走在陽光下
沐浴冬日的北方
曠遠的藍天鵲鳥飛翔

一些些的顫動
一個會心的微笑
無需言語，一切便已足夠

秋日的金黃已然凋零
而我還在等待你
以最後的淒美和決絕
等待你的深情回望

二〇一四年十一月二十八日　百合齋

二十一世紀俠客抒情曲

——致蘇

那是來自遙遠的呼吸
穿越大漠的生靈
稚嫩而頑強的小草
野火燒不盡

一匹狼
一場魔幻的戲劇
在浪漫主義瀕臨絕種的年代
點燃一把琴

母親的山河在心中呼喚
孩子氣的偏執與依戀

當星星綴滿了天
眼神中曾有願望
尚未被填滿

於是踽踽前行
在人造的塑料溫室裡
刮起一陣陣寒冷刺骨
揮舞六弦琴如刀劍
唱啊，荒野來的狼
在越來越溫暖無慮的世界上
你會不會是最後一座冰山
最後一個傳奇

二〇一五年一月四日　百合齋

絳珠仙草

一棵溫柔纖細的靈魂
赤裸裸地，把自己抛入殘酷的社會
憑著青春的熱情和聰明
曾用力塗抹了幾筆令人豔羨的色彩
可是她終究是花　無法抵抗人世的風吹雨打
嬌嫩的身軀在這場戰役中受了傷
一片片荒蕪在心中滋長

曾經的柔情似水被磨成了沙
哽在咽頭　不上不下

就這麼懸著
懸著

空空
蕩蕩
不如歸去

二〇一五年一月十九日　百合齋

無政府主義者的音樂聚會

你歌唱著山河與大地
他嘶吼著憤怒與恐懼
我們拋下世俗的眼光
卸下武裝

玫瑰與飛鳥
稻米與花生
雲朵不斷飄泊
種子不斷撒落

在你撒下最後一顆前
我仍想緊緊抓住
燦爛如煙，如花

可我始終到達不了
也來不及測量角度
它在近在咫尺的距離掉落
我只好留下你一人獨舞

二〇一四年一月二十七日

平安夜在公寓頂樓彈鋼琴

平安夜，聖誕夜
（他們是這麼說的）
在這雨聲隆隆，低溫的寒夜
有誰因此受了慰藉

外面的世界　同情或敵意
辯論著愛與性別，以自由為名
而從不知何為自由的勞動階級
還在為他們的子女煩惱下一餐

人民推翻貴族後
人人自己當起貴族
這些新貴族是黑心商人，投機客，政客

加上只會享樂不會思想的中產階級
（和他們一樣懶惰的子女）
一起包裹在資本主義的糖衣裡
美麗的泡泡，美麗的煙火
「聖誕快樂！」
說這句話的人一個也不相信神

我想著耶穌在馬槽裡
虔誠的山上小孩挨家挨戶報佳音
千百年來哲人諄諄告誡：
民主政治，就是黨派，賄賂，勾心鬥角與陰謀
最會逢場作戲，說漂亮話的人
最陰險狡詐，但往往最討群眾歡心

大自然哀嚎著她的秩序受到破壞
天與地，陰與陽，男與女，太極的兩端

失去平衡的社會，因迷信科學（我們的新宗教）
我們任意更改植物生存的密碼
我們輕易將孩子從母親體內奪走，或創造他們；
我們讓不諳世故的年輕人宣判老人的死刑
宣判道德、家庭倫理、文學和藝術已死
（那麼這世上還剩下什麼？）
我們不相信愛情的誓言，認為不過是遊戲
受過創傷的人，沒有勇氣站起，便成了憤世嫉俗；
學院派音樂家製造不堪入耳的樂曲
建築師只會做精密測量、缺乏靈感的設計
城市越來越方便，越來越複雜，
可是馬路永遠越修越糟

平安夜（那些基督徒這麼說）
我在溼冷的公寓頂樓彈鋼琴
我想念的愛人還在遠方流浪

尋找命運和才華的方向
我不知道天使會不會路過我的門前
亦或上帝，看見一個受苦的靈魂
聽見一顆不願與世俗同流合汙的心
（可是我深深愛著你）
最虔誠無晦的祈禱

二〇一三年十二月二十四日

今晨生命再度將我喚醒（斷片）

今晨生命再度將我喚醒
以痛苦的脈搏
血液在身體中鼓噪著反叛
違抗我夜夜欣然迎向
死亡的安睡與靜謐

世界於此時嘎然靜止
只聽見星辰於永恆的流動中
緩慢有韻的呼吸
偶爾它們的光芒投射
在心思細膩的人類中心
金字塔，希臘神殿，古代神祕難解的文字

憑藉神聖力量而成的不朽事業
幾千年來指引著人類前進

二〇一四年四月二十七日

夕陽灑在草坡上（斷片）

夕陽灑在草坡上
水手航向炊煙裊裊的家
牧羊人甜美的笛聲　山谷裡迴盪
寂寞的都市人啊
你曾經依戀的土地
已不在你的腳下

二〇一三年五月二十三日

愚人節

我總是不能規矩地走過一條街

我總是想要揮舞雙臂
踏著輕快的步子，轉圈圈，唱唱跳跳
對路人微笑

但是路人會用異樣眼光瞪我
當我是個瘋子或白癡
然後依舊過他們庸庸碌碌的日子

啊，親愛的朋友
我既非狂人亦無憤懣

我只不過是個
被木棉花和春光感動得無以名狀的女子

二〇一三年四月一日

於是我們就如此

於是我們就如此
在偌大的世界中強顏歡笑
假裝聽不見來自心靈深處
那被禁錮的心跳

然而只要有溫暖溼潤的土壤
適合灌溉、生長
那種子必定發芽

沙漠中驟然降下甘霖
一朵玫瑰喜悅地
流下淚水

二〇一一年九月三十日

聽泰雅小女生唱歌

毋需勇氣
亦無關乎信念
靈轉著黑色瞳仁的小鹿
一顆純淨如水的心
優雅地躍過人世
引來天國般的花香

樸實大自然的樣貌
霎時間全部湧現
山巒，流水，巨石，瀑布
一座彩虹橋自雲端延伸
指引靈魂回家的路

二〇一三年六月六日

阿席達卡，騎鹿的男人

我夢見自己變成山林中隱居的神祕女子
在全世界下著大雨的時候
那名騎著雄鹿的男子還未出現
英俊，沉著，溫柔
預備欽慕我所有的詩與歌
對一切困難堅定地微笑
即使眼神中有苦痛
絲毫不顯露

我等待他來化解我亙古的憂傷
在天色漸漸晴朗的時候
雲霧在風中散開
而溫暖的光——

啊，是什麼在那眩目的光中飛翔
是你純淨的靈魂
亦或是我的心？

二〇一三年八月三十一日

風雨之歌

你望著飄渺的遠方
你看見雲朵在山間遊盪
你聞著甜而不膩的花香
在風中　有人輕輕哼唱

未來無限遙遠
我們的愛還在沉睡
你曾知道的　未曾到來的
在風中　一切緩慢醞釀
在風中
在風中

我凝望著你沉著的臉龐
我知道那裡有一道山洪就要爆發
時間如亙古般永恆
訴說神祕動人的傳說
在創造開始之前
先讓我們相愛
在風中
在雨中

二〇一三年七月七日

上帝的手印

老鷹在天空飛翔
大地之母低聲吟唱
流著凱達格蘭族血液的女子在風中奔跑：
「請把美麗的山河還給我……」

海與天的分界線
神與人的美麗誓言

天空　飛鳥　大地　山岳
天空下是我的傷痛
海洋　森林　田野　溪流
O hi yan

上帝的手印
染上魔鬼的血腥
編織的技藝　耆老口中的傳奇　漸漸凋零

上帝的手印
純潔如百合花綻放山林
啊　我仍深深相信

註：龍門核四廠址位於新北市貢寮的鹽寮灣，或稱三貂灣，是東北角海岸線唯一的沙岸地形，擁有豐富海洋生態，天然地景優美，凱達格蘭族語稱其為「上帝的手印」。

二〇一三年十月二十一日

亞當與夏娃　之一

你的寂寞小心翼翼走進我身體
挑揀著憂傷的詞句
字義被模糊了
你敲打、重擊，將它們鎔入新的模子
試圖凝鍊出我們都認同的
一個字

天地初創的那個字
伊甸園裡
靈蛇傳授言語的祕鑰
於是世世代代的夏娃對亞當微笑
說：

「來吧，我們去雨中跳舞
來吧，我們去忍受風霜與寒露
直到相愛的最後一天
把身體與心靈都交換
我就是你尋找的那個字」

二〇一四年四月四日

大雁鳥

大雁鳥決定飛離這片海岸時
慌心的雲朵還在
急急奔赴的路途上
來不及蘊積的愛情
來不及訴說的夢想
隨風　在半空消散

渴望成為一場痛快落下的雨
在美麗的海灘
在純潔的大地
雲朵抱持著如此想望
繼續流浪，遊蕩……
乘著風

二〇一三年二月十二日

今夜，月色迷濛

——寫於知本卡地布小米收穫祭

今夜　趁月色迷濛
在雲霧籠罩的俊美山巔
讓我為你輕唱
一支古老的歌謠

如山巒般久遠
如河水般悠長
如土地般堅定
如海洋般深邃
如花朵，如雲彩，如瀑布，如虹
氣質，溫柔，含蓄，靈秀

在大洪水來臨之前
文明仍是遙不可及的名字
今夜　乘著醉人的風
且讓我為你唱一首月亮之歌
訴說古老的傳說
還有愛

二〇一三年七月十七日

啊，偉大的自然（斷片）

啊，偉大的自然
你總是教予我如此美妙的功課
譬如破曉時燃燒的雲朵
迴旋的波浪以它永恆的進程
來回推泳
穩定而溫柔地朝向海岸
述說關於神祕的文字
難以理解的智慧
以及那些使我驚懼得沈默的歌曲

O Mighty Nature
You always teach me so great a lesson
Like the burning clouds at dawn

And the circling waves in their eternal course
Pushing back and forth
Steadily and softly to the shore:
Uttering words of mystery
Wisdom difficult to comprehend
And songs, which terrify me to silence

二〇一五年四月四日　蘭嶼野銀

精靈哀歌

山兮壑兮
杳兮隱兮
水兮澤兮
歌兮戲兮

（歌之舞之，恂恂不知終日……）

是什麼樣的力量污辱你純潔的心
什麼樣的暴行摧毀你溫柔歌唱
什麼樣的貪婪，什麼樣的恐懼啊
使你慣於彈奏的琴弦，瘖啞了，緘默了
山林水澤畔，再不見你輕盈的身影

傳說與神話裡你翩翩起舞
施加魔法於詩人的童年
嬉戲和追逐，你活潑的熱情
憔悴了哪個痴心的少年
多慾的牧神亦不能將你束縛
你自由而快樂，溫柔而深情
心中所愛唯有自然

啊，美麗的精靈
莫非是世人妒忌你的快樂
你自由來去的天地
他們搬弄著義憤的字眼
一一奪去你生存的土地
乾淨的水源，俊秀的山稜線
曾為你歌聲欽慕的心思
單純而誠懇的人性

善良啊，忠誠啊，仁慈啊
一一成為可鄙的字

不再為悲劇哭泣的人們
不再憐憫孤獨與貧窮
不再為接近自然和生物而欣喜
不再勇敢地為正義而戰

（日復一日，人們在越來越先進的科技文明中，
麻痺了天生的感性；
他們在五光十色的快樂中
泯滅自己心中的精靈）

年輕人遺忘了古老的詩歌和言語
它們在溪水的搖籃曲中唱著：

山兮壑兮
杳兮隱兮
水兮澤兮
歌兮戲兮……

二〇一四年六月十四日

我不願在開始時即預見

我不願在開始時即預見
那最初和最終的
全然的靜止

在你我之間
在我們和世界之間
因為存在縫隙
文學，藝術，哲學
於焉誕生
卻從來不是愛

究竟要翻越幾座山嶺
一再經火海歷練

穿越幾個時空
我們終會聽見
那響徹在最幽深山谷中的
太和之音

最初和最終的
河水流進大海

二〇一〇年四月十一日

我在雨中唱歌

我在雨中唱歌
你在山的另一頭輕輕地和
我們不約而同
跳起激烈的舞蹈
如此快樂

下雨了，下雨了
久旱的大地生機顯現
乾涸的河床，溪谷
重新有了那
琤琤琮琮
悅耳的樂音

下雨了，下雨了
溫順善良的婦人從家裡出來
呼朋引伴至河邊取水
雨水滋潤著她們烏黑的長髮
親吻著她們紅潤的面頰

稚氣的孩童也跑出來
興奮地跑到溪邊玩耍
溪水為他們沖去膽怯
教導他們勇敢，謙虛，剛強

下雨了，下雨了
有德的君子在河畔初見美人
自此有了江水上傳唱不絕的故事
自此有了詩

我在雨中唱歌
你在山的另一頭輕輕地和
我們不約而同
跳起激烈的舞蹈
如此快樂

二〇一二年五月二十四日

輯二

浪遊者之歌

我們該如何丈量天空

我們該如何丈量天空
星星，海浪，河沙
如果問我它們的價值
我用貝殼回答你

如果你曾愛上一朵玫瑰
卻因不勇敢而背叛了她
我將用黏土為你捏一個女娃

如果森林可以被占有
土地可以被分劃
那是因為你從不了解野薑花

（不要再問我關於價值
我心中但有愛與信仰）

今日，當郵務小姐問我
一疊詩稿和一封信
價值幾錢
我茫然地想著星星與貝殼，石頭與海浪……
無言以答

二〇一〇年七月二十三日

流浪者之歌　之二

我彷彿預見一條全新的道路
在眼前展開
那路上滿是荊棘、泥濘
原始、荒蕪人煙、狹窄
它長久匍匐在人們習慣行走的
大道旁，受人們漠視、唾棄……

但其實他們害怕
害怕那小徑裡頭深藏的黑暗
與種種危險；
他們重視自己的生命
勝於一切

然而我卻聽見
那永恆不滅的光明
在道路彼端盡頭
閃耀

啊，那是我們的路，是我們那一首
流浪者之歌

二〇一一年四月七日

《吟遊詩人》跋詩

荒草湮沒沙丘
侵襲你夢境的邊緣
洶洶海浪燃起
熊熊火焰

你穿著潔白的羽衣
縱身躍入這節奏，這呼吸
這古老神祕的韻律
如風之翼，如雷之鼓
你唱著，跳著，舞著
呼喊著原始的生命之聲

「赫赫風雷，天上眾星
急急聽我律令：
今日我作一巫者
預備來傳達上天的旨意
預備來歌唱人間愛情
至善、至美是我的友伴
真誠是我立定的自信
從今而後
凡聽聞何處悠悠呼喚
我必將前去。」

月光柔柔
灑了你一身織錦
宛如羊水中的嬰兒
宛如將要破繭而出的蛾
下一時刻

你將衝破束縛　振翅御風
高高的飛啊
再也不回頭

二〇一二年三月十九日　春分前日
福隆拍攝《吟遊詩人》專輯照片後　於台北

我想念我的長髮

我想念我的長髮
想念那些翾飛在海浪前端
浪漫的思想

幾度穿梭迷霧之中
也曾耽溺於美麗的女子
靈轉的眼眸，纖長的身姿
曾醉心於自然山水懷抱徜徉
曾汲汲於書本知識追求想望

如今我和你們站在一起
我親愛的革命同志們

再沒有任何的猶疑
再沒有任何的膽怯

只因我已清楚見到
在我的來世與過去
我要用盡生命歌詠的
深邃的歡愉與憂傷

如今我和你們站在一起
我親愛的革命同志們
充滿了希望

我想念我的長髮
但有些事情回不去了
只因我已清楚聽到

來自靈魂泉源的激昂與寧靜
來自心底光明的純潔樂音

二〇一一年一月三十日

Shivanii

我希望是名平凡的女子
每天清晨梳洗愛人的髮絲
熨燙日常瑣事的皺摺
一天就這麼開始

生活是令人安心的循環
穩定又踏實的步子
一點點鮮花和幾首情詩
就讓她高興上好些日子

可嘆這命運啊
妳望向神祕莫測的蒼穹

閃亮耀眼的星辰
說妳要有不一樣的人生

妳是名勇敢的女子
夜夜航向陌生的港灣
旅足滄桑大地
妳在最可怖的深淵上舞蹈
在最陡峭的懸崖上唱歌

純潔是你的名字
溫柔是你的名字
虔誠是你的名字
愛是你的名字

二〇一一年六月十二日

奔馳過城市的喧囂

奔馳過城市的喧囂
寄寓過山林的懷抱
你所渴望的那個世界
還沒有被創造出來

繁星點點的夜空
你總是仰頭看望
那飄渺在幾萬光年外
燦爛耀眼的希望

「如何能夠清醒的
在這濁濁塵世中體驗到祢
就像我千萬次在靜默中深沉的呼求？」

當我懂得愛也能夠去愛
犧牲成了世上最快樂的事
只有在人們實現了自我
且將自我輕輕放下時
一個新的世界就要誕生

二〇一一年七月二十五日

我奮力拍翅向希望的彼岸

我奮力拍翅向希望的彼岸
愛琴海上的礁石都笑我
看哪，那自不量力的人
妄想踏上古代英雄的道路

我不客氣地回話道：
「你們儘管笑吧，可憐的，軟弱的
你們甘心把英雄供奉在廟堂裡
你們甘心做他們影子的信徒
卻沒有一個人，在這混亂迫於拯救的時代挺身反擊
鳴響革命的號角；
你們儘管笑吧，膽小的，無知的。」

礁石相視無語

「而我，」
那自大的人繼續：
「無論如何是無法回頭了；
無法假裝看不見非義，
無法欺騙自己不了解這世界的邪惡
無法不愛你們，我的朋友——
儘管這是最難以讓你們相信的——
只因我深愛著一切生命的源頭
那光芒顯現在我心中。」

一語既畢，那裝上了希望翅膀的人
亦不再顧盼躕躇
他的志向在遠方
他的胸懷在天涯

他深信他心中的一點光亮
有一天終會照亮在黑暗的大地上

二〇一一年十月二十八日

夜頌

夜的深沉令人迷醉
我卻要與你告別了，美麗的
瞳仁在飄渺的千年之外
燃燒

讓我清醒地與你說再見
清醒地走入你的懷抱中
纏綿著激昂、寧靜、柔和的美
循一條祕徑

我將一千次化作水鳥
優雅從容地展開靈感的雙翼

自你夜夜擱淺的江水之湄
臨風拂起

二〇一一年十月二十六日

新年頌

我輕閉上雙眼
夕陽餘暉中月亮浮現
彷彿一朵純潔的白雪
金黃麥浪中，騰沸

翻飛的豈止忐忑的心
在這變化劇烈的時節
聽，仔細地聽啊
你所鍾情的河流永不會流乾
一如你對它的愛

編織多情大地的美麗故事
一一收進吟遊詩人的行囊

我們唱著，我們
繼續向前

二〇一二年一月一日

詠螢

你是小小的心
小小晶瑩閃耀的心
你是小小的靈
黑夜中清澈透明的眼睛
溪水澄淨　你寄居
情人眼波　你歡欣

二〇一二年四月五日

你追尋什麼呢

你追尋什麼呢
不辭勞苦　不遠千里跋涉
僕僕風塵的旅人
你追尋什麼呢

山林裡有歌聲
山林裡有舞蹈
山林裡有獵人
山林裡有精靈

我在到處找尋
我在內心傾聽

靈魂今生安居的處所
追尋風的聲音

二〇一二年四月七日

獻詩

我愛你，一如你的名，以及深夜裡陣雨般降臨的隱喻，連結距離遙遠的心，那是深邃溫柔的呼喚，從遠方的山林中陣陣傳來……如一陣舒緩的風，如一片草原上花朵的清香，如帶有韻律節奏的浪潮，在這深夜……

親愛的，你知道我對你一無所求，為你，我隨時願意奉獻上我自己，無論靈魂或生命，我從不希望你能給我任何東西，只求能盡心盡力，讓你得到心靈的歡欣，讓你優遊世間不受束縛，活得像你自己，本來的面目。

我願意為你唱歌，但我更歡喜你透過我而歌唱；我們在那樣的歌聲中彼此遇見了，最純粹的自己，最誠懇的愛：你即是我，我即是你，我們因相愛而永不分離。

二〇一二年七月十二日

輯三

懷人歌

吾愛，以你的面目

吾愛，以你的面目前來
披掛多情的羽翼
你會帶我去看海

以你的面目前來
走過寂寂寥落的沙岸
眺望星星墜落地平線於高山

旋轉前來　飛舞前來
妳灑落峽谷的一大把長髮
從烏黑到湛藍

以你的面目，吾愛
我將義無反顧奔赴
峽谷，高山，時間盡頭的遙遠沙岸
我們心中的那一片海

二〇一〇年十一月二十八日

河畔吟

你懂得我所有的憂愁
一如山河溫習著風
細數緩緩流逝的歲月
潔白如雪

如雪的是你的髮
沐浴寒霜歷歷
益加英姿煥發

潔白的是你的眉
掩映柔情似水
散發智者之光

蘆葦叢生的河岸
有楊柳輕拂
蘭草幽幽
薰風徐徐

二〇一一年八月十七日

消失之光

——嗚乎哀哉，洪光浩斯人仙逝矣！

黑夜　籠罩在光明前端
那長久受燈塔指引的人們
失去了方向

點燈人何去了呢
他不是長年站在巍峨的岩岸
鎮守著一方威武
他不是游走於生命觀悟的道場
高擎著文化的大旗
他是拔刀相助的俠士
他是沉著開闊的胸襟

他是莊嚴慈藹的父親
他是溫柔堅定的嗓音

奮起，奮起
點燈人如今去了
該有人肩負起沉重的使命

奮起，奮起
點燈人這一去了
黑暗降臨大地

洪大，光明，浩然之氣
在伊前往的彼岸

二〇一一年四月二日

短歌

一

新洗的衣裳在陽光下
化為翩翩舞蝶
像剛剛出浴的愛情
靦腆而含蓄

你為什麼小心翼翼
藏著溫柔的手
不願靠近

二

你在一陣大雨來臨前
不告而別
我的心像被雨點打碎的
無聲的花瓣
散落一地

三

你說我們的愛
像去年山谷裡的百合花
開了又謝了

但是為什麼
在寧靜深沈的夜裡
在和煦的微風中
我感覺一雙灼熱的瞳仁
燒自耳際

二〇一四年八月十一日

小王子

海潮拍向熱浪的國度
夏夜濡溼的夢在甜膩中醒來
你伸手觸碰那泡泡
晶瑩的幸福，刺痛

沙砌的城堡隨風消逝
一如童年的笑聲
色彩斑斕的記憶
如岩石，片片剝落

許下承諾，當青春隨著海水
隨著風的樂音回返

一句溫柔誠懇的吟誦，呼喚
我將飛向那愛的海灘

二〇一一年七月二十五日

克里希那

這已是靜寂的冬日
你所憧憬的
還未曾到來的一切
風景，隨飄落縱谷平原的細雪
紛飛

飛回好多年以前的春日啊
當第一朵紅杏的枝椏
悄悄逾越禁忌的籬笆
你第一次感覺自己的心跳

怦怦跳著的
即便年歲老去也無法鎮守的

那巨大的困頓
那騷人的詩魂
啊，你說，你已無力再挑起……

細細微微的愁思在這冬日
一隻幼獸蟄伏在羞澀的唇
暗香綻放於來年的初春
一如冬日裡也有陽光蔚藍

二〇一〇年十一月二十七日

搖籃曲

輕輕睡著吧
當海水悶哼著呻吟
把月光下的石頭搖成
夢的眠床
輕輕睡著吧

輕輕夢著吧
當星辰在雲霧間若現若隱
當你不經意闖進童年的遊樂場
彈珠臺上彩票不斷湧出
輕輕夢著吧

深呼吸
當你們肩並肩　走向山林
相互攙扶於溼滑的台階
我在後頭一路唱著

「前進前進
如果那些美麗終將成為
我所戀慕的，我將
策馬入林……」

二〇一〇年十一月二十七日

毛那・尤巴斯

毛那是一個可愛的男孩子
尤巴斯是他爸爸的名字
他的家在高高的山上
泰雅是他族人的名字

毛那的故鄉有一條小河
他小時候在裡頭捉魚蝦玩樂
一個不小心，他被水流沖下去——
他沒有死，上帝派天使救了他

毛那屬兔子，但他喜歡猴子
在山上的時候，他就是孩子王
毛那還喜歡種花

他家裡有一隻狗和一隻貓
還有兩隻相親相愛，清晨會唱歌的斑鳩

毛那有個好朋友叫哈芹
她有時候會到山上看他
哈芹喜歡吃毛那煮的菜
還有她最愛的，前院那片日落時的雲霞

毛那是一個可愛的男孩子
尤巴斯是他爸爸的名字
他的家在高高的山上
泰雅是他族人的名字

二〇一〇年八月

輯四

太陽王子

偈

飄飄女子一身輕
遊走天地把詩吟
壯志未酬入山深
不愛書生愛野人

二〇一二年八月六日

花朵閃耀在草原

花朵閃耀　在草原
草原閃耀　在海洋
海洋閃耀　一朵朵的花
我們的愛閃耀　在星辰

星辰下有人們做夢
沙漠中有小王子
牧羊人在山崗上
飛行員在不眠的夜

星星萬點在純潔的夜
虔誠的人們在大地

銀亮的月在湖水
我們的愛在山林中

二〇一一年十月二日

旅夜寄山中友人

我們在夜中乘坐熱氣球飛行
空氣中瀰漫濃濃煙障
向不知名的彼岸，緩緩飄移……
各人在睡夢中，載浮載沉的小小船隻
被海浪牽引著，向世界的巨大隱喻
前去

飛啊，飛啊
展著受了傷但無畏的翅膀
憑一顆純真的心
和犀利的眼光；
希望在靈魂深處歌唱：
我要回去，我要回去，回家……

今夜天空清澄
滿天星星和月亮在頭頂上高掛
向多情的遊子放著光亮
於是我仰天笑了，因為我知道
今夜，在遠方山谷中徘徊的你
不會迷失方向

二〇一二年九月五日

黑夜散發誘人的香氣

黑夜散發誘人的香氣
我把勇氣織成一對蟬翼
聆聽嬝嬝的溫柔呼喚，如歌，如煙

月色如紗
你閃亮的眼睛，英俊瀟灑
彷彿預示著我們將共同前往的國度
還未被命名的，充滿著光
淚水與海浪
擱淺在你夢境邊緣的一抹笑意
也許啊也許，還有一片處女林
還有野薑花……

讓我們在彼此的懷抱中
如嬰兒般沉沉睡著，夢著
天亮的時候
呼吸著在霧中甦醒的草原
漫步回家

二〇一二年九月三十日

給R的情詩

一

當我想念你
你便化作風中精靈
在我周遭世界閃爍

你的笑飛成枝頭小鳥
你的聲音哼成呢喃小溪
你的眼神綴成星星
你的身體躺成樹蔭

我日夜在城裡看望的水泥鋼筋
也都織成美麗旋律

二

遠方山林隱約傳來回音
頻頻殷切探問：
何時歸去？何時
再共赴美好豐盛的筵席
手牽手跳歡欣的舞蹈
走上杳無人煙的神祕小徑
經歷一段段奇幻、冒險，還有愛……

我在孤獨喧囂的城市
你在亙古柔情的山林
我們都還在等

一句呼喚，一道光，
一對堅定的眼眸，
虔誠和勇敢

等風的溫度適合飛行
我們就去

二〇一二年十一月九日

太陽王子

太陽王的神聖族裔
粗獷外表下隱隱
一顆閃爍碧玉光芒的心

你將前往何方
孤獨的獵人
山林裡有沒有你心愛的夜空
燦爛耀眼的星辰

你將前往何方
含情脈脈的歌頌者
溪谷中有沒有你心疼的女子
溫柔深邃的眼眸

啊，此時
有一個沉著堅定的聲音說
跟隨老人家的腳步
跟隨祖靈的指引

二〇一二年八月六日

你的歌聲是風

你的歌聲是風
你的笑容是海
飛馳過草原的腳步
是排灣英勇的少年

妳的溫柔似風
妳的心懷似海
奔流過湖水的眼波
是麻里巴純情的姑娘

姑娘背著竹簍
到高高的山上去工作
少年扛著鋤頭

到厚厚的土裡去種田
他們隔著遠遠的山頭
唱著思念的情歌

「我心愛的人兒喲
你已有了理想的情人
想到我們從前在一起
我心中多麼不捨。」

「不管多久多遠
我心中永遠珍惜
對你的一片情意
我會永遠記得你。」

二〇一二年二月作
二〇一五年九月十七日續成

我是你的女人

I'm your woman
But you're not my man
You are free like the eagle
Wild like the forest
Generous as the sea
Inspiring as the wind

我是你的女人
但你不是我的男人
你如鷹一般自由
森林一般狂野
如海般寬闊慈悲
如風般富有靈感

我是妳的男人
但妳不是我的女人
妳如曙光一般燦爛
雲朵一般遊盪
如月亮般純潔無瑕
如彩虹般神祕動人

I'm your man
But you're not my woman
You are shining like the dawn
Wandering like the cloud
White as the moon
Mysterious as the rainbow

二〇一三年十月二十六日　台東土坂五年祭後

嫦娥奔月

——給未來的愛人

親愛的心啊，快快歇息吧
快快放下了白日的重擔
走進夜的懷抱裡吧

她展開溫柔的翅翼
一如愛人的雙臂，寬宏與慈悲
夢中有精靈在舞蹈
森林深處星星閃耀

而你，我親愛的你
如山岳般英俊
如古老的歌謠，如水

內斂而深情，悠遠
當月光再度照亮東方的海
我就要向你飛去

二〇一三年十二月十四日

輯五

寶島抒情詩

寫給一棵樹

你曾否想過
一棵樹藏著什麼樣的故事
佔據歷史什麼樣的位置

你曾否聽過
當樹葉推擠光的沙漏
當秋千記憶起孩提時的感動

我想去坐在你的身旁
看雲起雲落
煙花歲月年年經過
而你挺拔依舊

我想去坐在你的身旁
看星星隕落
山川河流年年經過
而你挺拔依舊

壯碩依舊
溫柔依舊
浪漫依舊
堅定依舊

一陣大雨將要落下啊
而我有你的懷抱
我有你的夢

二〇一〇年九月十二日　高雄橋頭

野薑花

路邊一束野薑花
旅人輕輕採擷下
採下送給有情的姑娘
微笑浮上她臉頰

我的情郎要去流浪
我沒有什麼可以送給他
摘下一束野薑花
希望他將我別在心上

故鄉的歌謠輕輕唱
故鄉的草原風吹盪

野薑花輕輕摘下
野薑花帶我回家

二〇一一年六月三十日

鹿港小唱

沉默是向晚的小巷
蜿蜒著古昔的夢想
廟宇文化興昌
老街藝品新象

天后媽祖　細描著眉妝
興安宮　　適合冥想
三山國王　赤青的氣場
城隍爺　　凜然行裝

公會堂前的廣場
孩童追逐被夕陽染紅的泡泡
給我一支棉花糖

射一支迴力棒
街頭藝人賣力唱

然後一輪好亮好清的月
照亮深藍色的廣場
晚風裡桂花飄卷

二〇一〇年八月二十一日

西螺謠

濁水溪水綿而長
怒勢洶洶，高山奔流而下
奔向海口呀
奔向海口的就是西螺溪

西螺溪水綿而長
西瓜甘甜稻米清香
新鮮蔬菜和醬油工廠
西螺溪水綿而長

西螺歷史綿而長
延平老街裝飾複雜
七崁武術和張廖祠堂

媽祖遶境　布袋戲排場
西螺歷史綿而長

西螺大橋綿而長
縱貫南北不用靠竹筏
中美日三國牽手齊唱
遠東第一的大橋啊
西螺大橋綿而長

濁水溪水綿而長
怒勢洶洶，高山奔流而下
奔向海口呀
奔向海口的就是西螺溪

西螺溪水綿而長
西螺歷史綿而長

西螺大橋綿而長
西螺子孫綿而長

西螺西瓜綿而長
西螺豆皮綿而長
西螺老街綿而長
西螺文化綿而長

二〇一〇年十二月八日

夏至

夏蟬親吻過妳的肩頭
一年中最長的白晝就開始了

在遙遠飄渺的國度
亙古的時間以前
人們也曾在這節日
翩翩起舞

至此我們已來到
一年中情感最豐沛
思想最旺盛

自此以後
陽光將一路往下

一直下到那最黑暗的日子
始得歸返
始得歸返

二〇一一年六月二十二日

阿塱壹之夜

月色皎皎
照耀著前人篳路藍褸
照耀今人的浪漫
照耀我們心中的阿塱壹

巍然錯落的巨石
盤根糾結的原始樹林
鵝卵石砌成的海岸平原
愛情堅貞誓言的懸崖

留下吧
就把純潔的心留在阿塱壹
留下吧

就把浪漫得近乎瘋狂
質樸和善良
留在古老的傳奇
留在將來的大道裡

親愛的祖靈啊　請保佑我們平安走過這條路……

請允諾我們　一步一腳印
從南田的黃昏　到旭海的清晨

南田的黃昏　旭海的清晨

二〇一一年六月十七日

苦楝與相思

思念是你飛翔的翅翼
苦戀是我的花
春天先是淡紫色的衣裳
然後是黃

二〇一一年六月五日

月光瀰濃

月光山下有我心愛的庄頭
那裡的夜空閃耀星光

月亮出來了
月光照耀著靜謐的山
　　　祥和的山
山是熠熠采采的深藍

樹兒微笑頷首
蛙聲此起彼落　在湖畔
螢火蟲一點一點
點出旅人依稀的夢

溫柔的夢

夜合花開了

太陽出來了
雙溪林內黃蝶幽幽
溪水逕向下庄流
流入稻香蒸騰的平野
流入光景不再的菸田

馳騁雙輪
迷失於永安老聚落
迷失於蜿蜒的水圳中
慢慢摸索的幸福
夥房，藍衫，油紙傘
倏忽過眼

笠山下有我心愛的人兒
夕陽沉落時
步上著實浪漫的理和小徑
尋找她的蹤跡

雨開始落了
美濃的樣子又更神祕了

二〇一一年五月二十三日

中秋舞

月光灑下芬芳的網
牽動旅人的情思　向遠方
瞭望

妳是暗夜裡的一道希望
指引我向良心的方向
無懼的方向

飛揚的裙擺綺麗著夢想
就讓所有孤單齊聚一堂
盡情歡暢

跳吧，唱吧

二〇一〇年九月二十二日

桐花祭

春披覆成白鳥的羽翼
一逕向山林中飛去
僅僅一瞬的轉眼
就把鬱鬱飛成了皚皚

風兒把如此喜訊吹到城裡
虔誠的人們起舞歡欣
含苞的新娘子接過來
拋成滿溢希望的繡錦

如此我們仍要向山林深處踏尋
那只在高處看得清
大地的神跡；

於是迂迴陟陞
風掀處，樹林讓位給道路
屏息，迎著數美的當兒我們只有
凝神細聽：那迤邐在風中的諭——
卻是在歸途中
於山徑上遺落了一朵小桐花
和那原始純真的初心

二〇一〇年五月二日　苗栗

歌落在冬山

綿長的鐵軌在細雨霏霏
鏗鏘駛過濕潤的平野
水稻一般的嫩綠孵出
夢一般的田

你憑空降落的陡峭山巔
風中縈繞鵲鳥的撲翅、迴旋
只要赤子的眼波化作一陣輕煙
我就能乘著那風
拾級直上

雀躍而謹慎地
踏著顫巍巍的步伐

把腳下的每一雙翅膀
編織成一首交響詩的和弦瑰麗

樂章逼近臨終的高潮時
我們就要乘著魔毯

二〇一〇年十二月四日

輯六

元——梁紹基個展集詩

寂然而動

混沌而神祕的宇宙
你黑暗的心是一切歌唱的源頭
「永恆的光呀，懇求你照耀我！」
世界因此有了河流的夢

時間靜止了
當世界向貪婪的私心靠攏
宇宙瘖啞了他綿長溫柔的歌
隱沒於喧囂塵世
只有離群索居的詩人
苦心孤詣　向靜默處尋

他翻過許許多多的山嶽
越過無數危急的河流險灘
終於來到人世之外
亙古以來未曾改變的土地

他靜靜地坐下，無聲無息
把自己坐成一口鐘
歲月在他的額上烙印

幾千年過去了
直到他的鐘擺和宇宙的同步運行
一個新的世界就要來臨

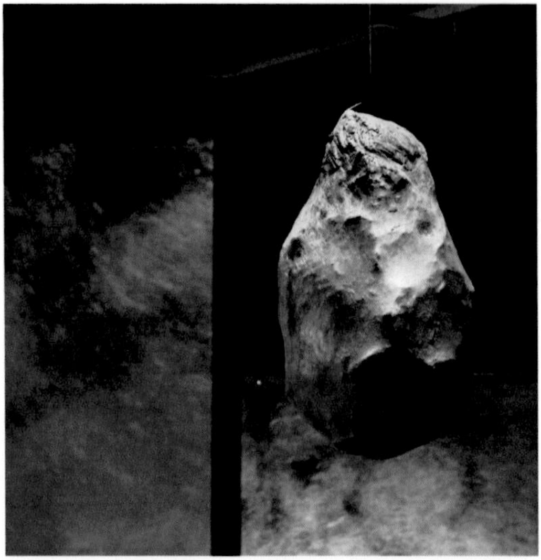

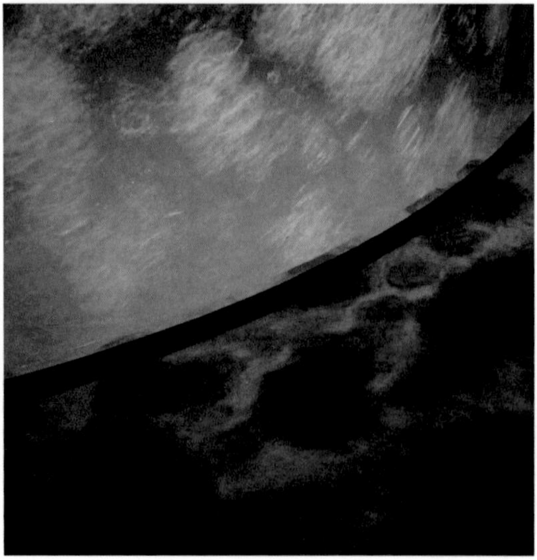

心磬

拾級而上
心的距離有多遠
腳踏一雙草鞋
輕巧地騰入雲端
那上頭可有天堂可有
不滅的幸福

聽啊，寂靜之深處
幽然隱蔽的金石之音
如仙洞的鐘乳石
滴下一顆顆淚珠晶瑩
高風亮節的隱士之心
不求了解亦無關悲喜

一片寬闊的雲海平原
無限延展

補天

天空破洞了
人心破洞了
纖細柔軟的蠶絲
承載上古琴音的蠶絲
終究補得回
終究補得回

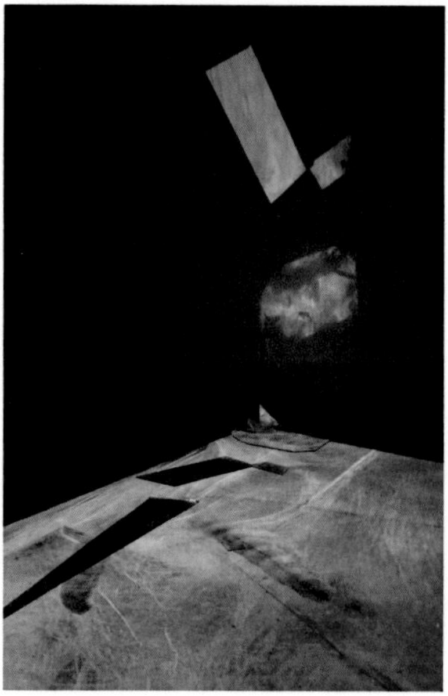

碑

之一

古代文字的神祕
藏在你美麗身軀
俯仰之姿　能屈能伸
把自己獻給天地
無限溫柔的姿態
陰與陽　男與女
蠶頭或是燕尾
開啟生命奧祕的鑰匙
凝固成千年古訓
代代相傳

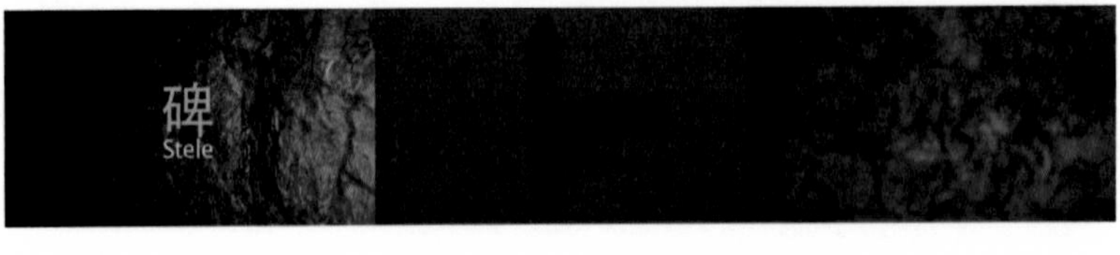

之二

一些些的顫動
一些些的撫觸，羞澀地
氣息流轉於光影
光影使曖昧變為可能
可能的　生命

蔓生的青苔在岩石上
閃閃發亮
折射水晶的光芒
一如文明的榮景
生生不息

平面隧道

絲絲縷縷織成綿密的網
天地是純潔的乳白
方塘之鑑　活水泉湧
時間長廊中
映照自己清白的心
以及孑然孤獨的一生

二〇一四年九月二十六日　上海　香格納畫廊　初稿
二〇一四年十月十六日　北京　百合齋

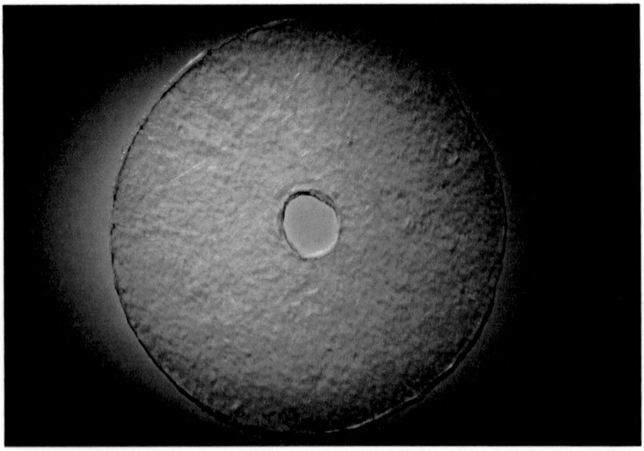

輯七

巴赫：第一號組曲

Bach: Partita No.1, BWV825

Praeludium　前奏曲

一個莊重的導奏，一個虔誠的祈禱
生命之初的河流
緩緩瀉進宇宙萬化的流光之中
那河流，那不滅之光
隨萬物流轉，遞嬗
季節推移，歲時榮枯
不能改變它的本真

苦痛，即便是作為生命不可或缺
是為了使人在歷經磨難之後
昇華出一種
莊嚴的慈悲

似有天機稍稍顯露於那
不可知的實在
那七彩的光芒，出現，隨即隱去

天堂似乎常在不遠處
卻也未曾到達

聽，那恆在生命底端迴響
節奏規律的呼吸
恆在訴說著：
我，拾過層層階梯
要，到祂
那裡去

Allemande　阿勒曼舞曲

圍繞著宇宙中唯一
日月星辰緩慢運行
莊嚴而有韻地

配合著天道的韻律
人在濁濁塵世中
孤獨行走

偶然相遇的伴侶
在欣喜和悲傷之間
以舞蹈媾合

繾綣，纏綿，掙扎著脫離
在靈魂激昂的深處
重合為一

Corrente　庫朗舞曲

陽光閃爍的涓流中
奔跑嬉笑的精靈
唱起了輕快的歌

風姿綽約的駿馬
也曳著美麗的棕髮
一齊飛騰

Sarabande　薩拉邦舞曲

一個睿智的老人
在暮年將至時
對生命發出的
深沉的冥思

生命是什麼
生命難道只是些
不相關連的回憶片段
然而卻看見
一隻初生的幼鳥
正展開稚嫩的雙翅
在耀眼的光華中
化為無形

生命的峰頂
曾擁有鴻高的視野，抱負
逐漸遠離，淡去
悲劇無預警降臨
為生命烙下印記
一縷甘甜的泉水
洗去痕跡

受痛苦洗禮的軀體
預備在清風的扶持下
再度翱行

Menuet　小步舞曲

一

駕馭舒緩的風
優雅而莊重地
起舞翩翩

二

漣漪在水塘中擴散
映照出似曾有過的
人生

|

步伐越趨緩慢
不是倦怠，而是
接受，心悅誠服

Gigue　吉格舞曲

西之西處
大陸彼方
我族飛舞
乘馭他風（註）

註：此首詩引自當代美國女作家娥蘇拉・勒瑰恩（Ursula K.Le Guin）之小說《地海系列》（Earthsea Cycle）第六集《地海奇風》（The Other Wind）卷首詩，譯者為殷宗忱。

二〇一一年四月二日

輯八

數字詩：宇宙的生成

數字詩：宇宙的生成

一

你是宇宙的中心
純潔無瑕的身影

二

天地初分，陰陽輪轉
黑夜與白晝，日升月落

三

神祕的呼喚
一支柔情的歌
有人懂得了愛

四

季節遞嬗
祭壇內女巫起舞
人事的法度
家庭的溫度

五

王道興，禮樂合
莊嚴的廟堂
清正的樂音
人君南面而立

六

田野間河水流淌
農人工作殷勤
牲畜興旺

七

莘莘學子的衣襟
天上閃耀的星辰
仙女下凡的織錦

八

干戈起　兄弟相爭
智者藏起古代的奧祕
把希望傳下去

九

鳳鳥歌唱　百獸齊舞
全人類靈性的勝利
龍的勝利

一，宇宙最初的狀態，完美的狀態，有如尚在羊水的嬰兒，尚未與母體分開。一，是真理也是唯一，真理是永恆不變的和諧，是純潔。

二，從一分為二，分出了天與地，陰與陽，男與女，太極的兩端，晝夜輪替，日升月落，都是二元相對的。

三，三無論在中國和西方，都是個帶有神祕力量的數字，中國講「天、地、人」，西方講「三位一體」。若說「二」代表天地，那「三」之中的「一」就代表人，身處天地之間，受著愛欲的引領去追尋快樂、善、不朽。耶穌講「愛」，孔子講「仁」，其實是同一個道理。

四，四季的變化——韻律、週期，四方形——規矩，四合院——家庭。古代世界是母系社會，所有重要的祭祀活動多由女巫掌管（從歐洲中世紀，中國漢朝以後將女巫汙名化，是為了鞏固男性為主的政權），社會的習慣、風俗多由家庭衍生出來，而家庭的規矩和溫暖來自女性。

五，以女性為主的神話時代／部落社會過去後，接著是理性的世界／國家，有秩序和文采的世界，而這個世界有賴聖人得以完成，中國第一個可考的聖人是堯，孔子說「大哉！堯之為君也，巍巍乎，唯天為大，唯堯則之。蕩蕩乎，民無能名焉。巍巍乎，其有成功也，煥乎其有文章。」說堯的功績非常大，使人民安居樂業，禮樂制度完備，發出燦爛的光輝。中國雅樂（《詩經》中的大雅和小雅）用五聲音階演奏，宮、商、角、徵、羽，五個音，代表中國人心中的理想世界。

六，有了聖人來治理國家（在西方可以柏拉圖的《理想國》——哲學家之治為代表，但柏拉圖的理想並沒有在西方得以落實。因為古希臘人不聽他的話，失去天命，就被羅馬人滅了。），人民得以有安穩的生活，農作物收成就會好（不用像部落社會時過游獵生活），糧食來源穩定，農民也會快樂殷勤的工作，甚或豢養牲畜：馬、牛、羊、豬、狗、雞。以《詩經》為首的古典文學就是誕生在如此的農業社會環境中。

七，社會富足安定後，普遍的教育才得以興起，於此中也產生了浪漫文化。相對古典文化的堅毅、內斂，浪漫文化是奔放的、不切實際的、充滿幻想的，而這種文化只能在社會富足後產生。如果飯都吃不飽了，哪來閒工夫做夢呢？藝術家、富個人色彩的詩人也在這個階段誕生，藝術發展呈現出蓬勃繽紛的相貌。北斗七星、七仙女也是「七」——這個在西方有著魔法力量，在中國與「飄逸」相連繫的象徵。

八，浪漫文化若發展過度，變成崇尚個人主義，而不再信仰古典的理想一天，世界就會大亂。於是中國有春秋戰國時代，不再尊敬周天子，西方有民族國家為了一點點宗教分歧常年征戰不已，偏離了耶穌的教誨：「愛鄰如己」。八是一個相對複雜的數字。文王被商紂王囚而做八卦，孔子無法實現淑世理想而做《春秋》，身處混亂的時代，為古典文化留下典型和線索，留待後人來復興天道。

九，理想的世界必須經過種種試煉才能被創造出來，經過光明與黑暗的鬥爭，最後光明終將勝利。貝多芬的第九號交響曲《合唱》，在最後一個樂章加入人聲，高唱德國詩人席勒的「歡樂頌」，唱出全人類和平、幸福、快樂，四海之內皆兄弟的理想。龍做為中國靈性力量的象徵，也將展翅高飛。

二〇一二年四月十八日

跋

二〇一四年秋天，我在北京的中國人民大學做交換生。白天在文學院唸拉丁文和古希臘文，晚上在後海、南鑼鼓巷一帶的酒吧和咖啡館演出，唱自己寫的詩歌和民謠。一次演出後，有人送了我一束百合，我將它插在宿舍的書桌上，就成了我小小書房——其實只是一張書桌——的名稱由來：「百合齋」。於是有了這本詩集的第一首詩〈百合齋詩銘〉。

在北京的半年時間，是我詩歌創作的轉變期和成熟期，它除了是個人心靈的獨白，逐漸加入了中國傳統的影響，並有意識地對自己當下所處的世界發出疑問與詠歎。其中尤其來自我在黃河流域造訪的那些名山和古蹟建築，與這些傳統文化的對話是一個新的主題，我想這主題在我的下一本詩集會有更多著墨。

我要謝謝我在人民大學的兩位老師：雷立柏教授和夏可君教授，他們分別開啟了我對歐洲古典文化和中國當代藝術的認識；以及上海的藝術家梁紹基老師，對於一個年輕的創作者來說，他所給予的欣賞和認可是超乎我所能承受的，詩集中的《元——梁紹基個展集詩》，就是以梁老師二零一四年十月在上海的個展作品寫成。謝謝吳晟老師，我這幾年來一直是受他的鼓舞而在音樂和詩歌創作上努力著，他是我心目中的詩人典範。謝謝周渝先生慷慨為本詩集寫的書法字，和好友，畫家鍾舜文的膠彩畫作品。謝謝爸爸媽媽一直以來的包容和支持。最後謝謝秀威出版社願意接受這本詩集，在這個非詩的年代。

丙申年二月十二日春分　於臺北

讀詩人83　PG1576

寅

作　　者	張心柔
責任編輯	盧羿珊
圖文排版	周妤靜
封面設計	劉昱伶
封面完稿	蔡瑋筠

出版策劃	釀出版
製作發行	秀威資訊科技股份有限公司 114 台北市內湖區瑞光路76巷65號1樓 電話：+886-2-2796-3638　傳真：+886-2-2796-1377 服務信箱：service@showwe.com.tw http://www.showwe.com.tw
郵政劃撥	19563868　戶名：秀威資訊科技股份有限公司
展售門市	國家書店【松江門市】 104 台北市中山區松江路209號1樓 電話：+886-2-2518-0207　傳真：+886-2-2518-0778
網路訂購	秀威網路書店：http://www.bodbooks.com.tw 國家網路書店：http://www.govbooks.com.tw
法律顧問	毛國樑　律師
總 經 銷	聯合發行股份有限公司 231新北市新店區寶橋路235巷6弄6號4F 電話：+886-2-2917-8022　傳真：+886-2-2915-6275

出版日期	2016年6月　BOD一版
定　　價	240元

Printed in Taiwan

國家圖書館出版品預行編目

寅 / 張心柔著. -- 一版. -- 臺北市 : 釀出版,
2016.06
面；　公分. -- (讀詩人 ; 83)
BOD版
ISBN 978-986-445-110-4(平裝)

851.486　　105006251

讀者回函卡

感謝您購買本書，為提升服務品質，請填妥以下資料，將讀者回函卡直接寄回或傳真本公司，收到您的寶貴意見後，我們會收藏記錄及檢討，謝謝！

如您需要了解本公司最新出版書目、購書優惠或企劃活動，歡迎您上網查詢或下載相關資料：http:// www.showwe.com.tw

您購買的書名：________________________________

出生日期：________年________月________日

學歷：□高中（含）以下　□大專　□研究所（含）以上

職業：□製造業　□金融業　□資訊業　□軍警　□傳播業　□自由業

□服務業　□公務員　□教職　□學生　□家管　□其它_____

購書地點：□網路書店　□實體書店　□書展　□郵購　□贈閱　□其他

您從何得知本書的消息？

□網路書店　□實體書店　□網路搜尋　□電子報　□書訊　□雜誌

□傳播媒體　□親友推薦　□網站推薦　□部落格　□其他__________

您對本書的評價：（請填代號　1.非常滿意　2.滿意　3.尚可　4.再改進）

封面設計____　版面編排____　內容____　文／譯筆____　價格____

讀完書後您覺得：

□很有收穫　□有收穫　□收穫不多　□沒收穫

對我們的建議：________________________________

____

____

____

請貼
郵票

11466
台北市內湖區瑞光路 76 巷 65 號 1 樓
秀威資訊科技股份有限公司 收
BOD 數位出版事業部

(請沿線對折寄回，謝謝！)

姓　　名：________________ 年齡：________ 性別：□女　□男

郵遞區號：□□□□□

地　　址：________________________________

聯絡電話：(日)________________ (夜)________________

E-mail：________________________________